KB248488

꽃나무가 되는 길

꽃나무가 되는 길

| 인 | 쇄 ▎ 2011년 3월 25일 |
| 발 | 행 ▎ 2011년 3월 30일 |

지 은 이 ▎ 차선환
펴 낸 이 ▎ 장인행

펴 낸 곳 ▎ 깊은솔
주 　 소 ▎ 서울특별시 종로구 구기동 85-9 인왕B/D 301호
전 　 화 ▎ 02)396-1044(代) / 팩스 02)396-1045

편 집 · 디자인 ▎ SM-Creative

ISBN 978-89-89917-35-9 03810

값 5,000원

꽃나무가 되는 길

차선환 저

깊은솔

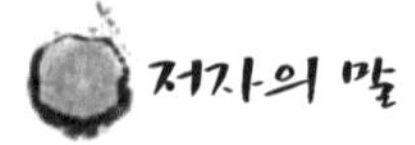 **저자의 말**

　산그늘 드리워 응달진 곳에서 외롭고 힘들게 살아가
던 꽃나무가, 어느 날 작은 깨달음 하나 얻고서 이욕의
망상을 벗어버리기 위해 꽃나무 바람이 되어 지팡이 하
나 손에 들고 떠나는 길을 따라가다 보면, '우리의 아
름다운 마음 지팡이는 어디로 가야 할까'를 생각할 수
있으리라.

　어렵고 힘든 삶 속에서도 꽃을 피우고 꿈의 결실을
맺을 수 있는 곳, 사랑이 있고 행복이 있는 곳. 그 곳으
로 우리 함께 사랑을 나누고 행복을 전하며 즐거운 인
생 길 여행이 되시길 바라는 마음으로 이 글을 전해드
리면서, 여러분을 사랑합니다. 여러분께 행복을 전해
드립니다.

그리고 꽃나무 같은 마음으로 이 글이 꽃 피울 수
있도록 편집과 디자인을 아낌없이 후원해 주신 SM
-Creative 이광식 대표님과, 출판을 후원해주신 깊은
솔 출판사 장인행 대표님께 진심으로 감사드리며 언제
나 건강하시고 행복한 나날이 되시길 바랍니다.

-상도서재 훈장 차 선 환 書-

차 례

깨달음이 별것이드냐

봄이다.

높은 산엔 잔설이 남아있는 봄, 응달진 산자락, 봄이 오는 길목에 지치고 힘없는 꽃나무 한그루가 두 눈을 지그시 감은 채 앉아있다. 봄이 오는 소리가 들린다. 생동감 넘치는 봄기운이 완연한데, 홀로 앉아 생각에 잠긴 꽃나무는 무엇을 생각하는지 촉촉이 젖어오는 가슴이 시리고 아프다. 그동안 많은 꽃을 피우느라 기력이 다 한데다, 유난히도 춥고 많은 눈 내린 지난 겨울날에 뿌리와 가지가 얼고, 떨어져나간 깊은 상처 때문에 일어설 기력이 없기 때문이다.

꽃나무가 태어나 예순 번째 맞이하는 봄이다. 해마다 그랬지만 올 봄엔 유난히도 햇살이 그립다. 따듯한 햇살이 조금만 더 비추어 주면 좋을 텐데, 기운이 날 텐데. 야속한 햇살은 산등성이를 넘어올 줄 모르고 외로운 산 그림자만 드리우니, 오늘도 부족한 햇살에 아쉬움만 남는다.

가끔씩 어쩌다 찾아오는 노루와 토끼, 잠시 쉬어가는 산새들도 양지바른 곳으로 달려가고 날아가 버린 뒤, 적막감이 감도는 고요 속에서 꽃나무는 마음의 눈과 귀를 열어 보고 듣고 있다. 산그늘 드리우고 햇살이 부족한 어려움 속에서도 각양각색의 향기와 매력을 지닌 꽃나무들이 꽃을 피우고 벌 나비 손님들 맞이하여 자신이 꿈꾸는 희망의 열매를 맺으려고 노력하는 수많은 생명들의 싹트는 소리와 움직임의 일상들을.

솔향기를 가득 실은 솔바람 소리도 들린다.

솔바람은 외롭게 홀로 힘없이 앉아있는 꽃나무에게 다가와 속삭인다. '꽃나무님 당신은 바람입니다. 흐르는 강물처럼, 떠가는 구름처럼 미련도 원망도 후회도 없는 꽃나무 바람입니다.

버티고 일어설 기력이 없다면 텅 빈 가슴으로 허공을 나는 바람이 되어 온 세상 꽃나무들에게 다가가세요.

그리고 속삭이세요. 사랑한다고. 행복을 전하고 싶다고.

당신은 자유로운 꽃나무 바람입니다.

꽃나무는 솔바람의 속삭임에 한 생각이 일었다.

잠시 후, 조용한 미소와 함께 살며시 감았던 눈을 뜨고 앉아있는 발밑을 내려다본다.

있다. 그곳에 깨달음이 있었다.

지난 해 봄부터 싹을 틔우고 꽃피워 열매 맺어 뿌려 놓은 자신의 씨앗 하나가 싹 터 올라오며, 방긋 웃는 어린 꽃나무의 모습 보고 또 바라보아도 천진난만하게 방긋 웃는 그 모습이 깨달음의 세상이었다.

꽃나무는 두둥실 떠오르며 춤추고 노래하고픈 환희의 기쁨으로 촉촉하게 젖어오며 시리고 아픈 망상의 이욕에서 벗어나 온화하고 텅 빈 가슴이 되었다.

머리가 맑아지며 지혜의 샘이 솟는다.

방긋 웃는 모습으로 싹터 올라오는 어린 꽃나무가 맞이할 내일의 햇살을 가리고 앉아있는 어리석은 자신을 본 것이다.

싹터 올라오는 어린 꽃나무의 햇살을 가리는 어리석은 이 자리를 털고 일어나 자유로이 하늘을 나는 바람처럼 세상 여행을 떠나야지.

꽃나무는 세상 여행을 떠나기 위해 날아 보려고 애를 쓴다.

그러나 마음뿐, 날아오를 수가 없다.

다시 털썩 주저앉고 만다. 슬프다.

회환(回還)의 눈물이 하염없이 흘러내린다.

돌이켜 생각해 보니 어리석은 망상을 일으키며 머리로 하는 수행 공부만 하고, 실천수행 공부를 게을리 한 죄업으로 날아오를 수 없는 것이다.

꽃나무는 고개를 들어 멀리 하늘가를 바라본다.

석양빛으로 물든 하늘가 저녁노을이 아름다웠다.

하루해가 다하도록 햇살을 받고 빛나는 저녁노을에게 부러운 마음을 전해 본다.

저녁노을이 웃으며 말한다.

'꽃나무님 당신은 정말 어리석은 바보군요. 나를 부러워 말고 스스로에게서 구하세요. 도를 구하세요.

날을 수 있는 방법을 구하세요.

바보 같은 꽃나무님. 하늘을 날 수가 없으면 걸어가고, 걸을 수가 없으면 기어가고, 기어갈 수 없으면 굴러가면 될 것을. 왜 날고자 하는 집착에 빠져 날지 못하나요.

암흑의 어둠이 오기 전에 떠나세요. 실천하세요.

힘을 내세요.

꽃나무는 날고자 하는 집착에서 벗어나 다시 한 번 일어나서 떠나려고 애를 쓴다.

뿌리와 가지가 떨어져 나간 상처가 너무나 아프다.

날려는 집착을 버렸다.
날려는 집착에서 벗어난 꽃나무 마음은 온화하고 이욕이
없는 텅 빈 가슴이 되어, 자신에게서 떨어져 나가 구르고
있는 나뭇가지 하나를 끌어 당겨다 지혜의 지팡이를 삼아,
꽃나무 바람이 되어 석양 길 나그네의 길을 떠나며 오도송
을 읊는다

悟道誦 오도송

風敎驅我心 하니	아름다운 풍속과 교화의
풍교구아심	가르침이 내 마음을 몰고 가니
我心興春風 하고	내 마음에는 은혜로운 봄바람이 일고
아심흥춘풍	
童子笑天眞 에	어린아이의 천진난만한 밝은 미소
동자소천진	속에서
學人悟道心 이로다	공부하는 이는 도심을 깨닫는구나.
학인오도심	

가진 것은 지팡이 하나 뿐

꽃나무는 뿌리도 잘라 버리고 가지도 버려둔 채로, 지팡이 하나 벗을 삼아 길을 간다. 나뭇가지 지팡이 마저 버릴 곳을 찾아간다. 걸어가는 발걸음이 힘들고 무겁다. 그러나 마음은 하늘을 나는 기분이다.

그동안 묵언 수행한다는 핑계 삼아 욕설과 남의 말을 하지 않으며 살아온 몇 십 년의 세월이 답답한 바보 같다.

지팡이를 들어 허공을 가르며 묵언(默言) 수행을 깨고 큰 소리로 욕설을 한번 해보고 싶다.

'강아지들아 잘있거라, 나는 간다. 지혜의 지팡이 버릴 곳을 찾아간다.' 하고 외쳐보고 싶다.

아서라, 말어라, 그만두어라. 욕설대신 그동안 꽃나무가 염원하며 시를 지어 곡을 붙이고 즐겨 부르던 노래를 부르며 간다.

강물처럼 구름처럼

강물이 되고 싶어라 강물처럼 살고 싶어라.

흐르는 세월을 따라서 흘러흘러 가다가

강가에 피어있는 진달래꽃의 갈증도 풀어주고

연인들 속삭이는 물방아 간에 방아도 쿵 찧어주며

아! 나는 오늘도 흐르는 강물이 되어

사랑을 나누고 싶어 사랑을 나누고 싶어

구름이 되고 싶어라 구름처럼 살고 싶어라

바람이 가는 곳 따라서 흘러흘러 가다가

다정히 속삭이는 연인들에겐 일산(日傘)이 되어주고

목마른 들꽃 위엔 단비가 되어 미소로 꽃 피워 주며

아! 나는 오늘도 나는 구름이 되어

행복을 전하고 싶어 행복을 전하고 싶어

　꽃나무 바람은 노래를 부르고 나서 생각하니 강물처럼 구름처럼 사는 것도 부질없는 짓인가 싶다.
오직 마지막 한 가지 해야 할 공부가 있다면 지팡이 버릴 곳을 찾는 공부라 생각하며 더 넓은 세상을 향해 간다.
어느 덧 어둠이 내리고 멀리 보이는 마을에 밥 짓는 연기가 피어오른다. 꽃나무 바람은 두려웠다.

사람들이 모여 사는 세상은 어떤 곳일까…. 지팡이를 잡은 손에 힘이 들어간다. 지팡이로 땅을 한 번 내리치고 힘차게 나아간다.

얼마쯤 가다 보니 '꿈을 파는 할머니 밥집 학교'라는 간판이 붙은 오두막집이 보인다.

꽃나무 바람은 할머니 밥집 학교에서 하룻밤 쉬어 가기로 하고 처마 밑으로 스며든다.

꽃나무 바람은 따듯한 온기를 느낀다. 온기가 이는 곳은 부엌이었다. 할머니 한 분이 아궁이에 불을 지피고 계셨다.

꽃나무 바람은 할머님께 다가가 인사를 건넨다.

'할머님 안녕하세요. 저는 지팡이 버릴 곳을 찾아다니는 꽃나무 바람입니다. 제가 바람을 일으켜 불이 잘 탈 수 있도록 도와드리겠습니다.'

할머니는 돌아보지도 않은 채

'쓸데없는 짓을 하고 다니는구만. 지팡이는 왜 버리려고 돌아다니고, 남의 밥 짓는데 왜 바람을 일으켜 준다는 거야, 할 일없이.'

꽃나무 바람은 할머니가 예사로운 분이 아니라는 걸 느꼈다.

'죄송합니다, 할머님. 날이 저물었으니 하룻밤 쉬어 가게

해주시면 고맙겠습니다.'
 '그것도 본인이 알아서 할 일이고. 쫓아내지는 않을테니.
너무 지나친 겸손도 재미없어. 이리 와서 불이나 쬐도록
해요.'
 '예, 감사합니다.'
 '있는 불 쬐는데 감사할 것도 없고.' 또 핀잔을 준다.
꽃나무 바람은 대답도 못한 체 불타는 아궁이 앞으로 가서
쪼그리고 앉는다.
할머니는 말없이 장작개비를 아궁이에 집어넣는다. 꽃나무
바람이 조심스럽게 묻는다.
 '할머님, 사람들은 어떤 꽃을 제일 아름답고 예쁘다고 생
각합니까.'
할머니는 부지깽이를 들어 아궁이 속에 불타고 있는 장작
개비 사이를 쑤셔댄다. 불꽃이 폭발하듯 일어난다.
아궁이 속에는 아름다운 불꽃이 있었다. 밥을 짓는 아름다
운 불꽃이다. 부지깽이도 불꽃의 지팡이가 되어 자신을 불
태우며, 조금씩 조금씩 스스로를 버리고 있었다. 아궁이
속에도 수많은 도(道)가 있었다.
할머니가 알았느냐는 듯 씩 웃었다.
그리고는 한 말씀 하신다.

‘우리 사람들이 가장 예뻐하고 사랑하는 소중한 꽃이 있
긴 하지.’

사랑하는 꽃송이들아

 저녁밥을 한 술 뜨신 할머니께서는 꿈을 파는 할머니 밥집 학교라는 간판에다 등불을 내다 건다. 오실 손님을 기다리는 것 같았다.

할머니는 꽃나무 바람과 함께 방으로 들어가 앉으며, 꽃나무 바람도 앉으라고 권한 후 정중하게 말을 건넨다.

'꽃나무 바람님, 보아하니 공부를 하는 중이신 것 같은데 공부의 도는 멀리 있는 것이 아니라 자신에게 있다고 합니다. 나 또한 이 나이 먹도록 애써 보지만, 쉽지가 않네요.'

그때였다.

'할머니 저희 왔습니다.'

아랫마을에 살고 있는 어머님들이 어린 아들 딸의 손을 잡고 들어온다.

아이들이 '할머니 안녕하세요.' 하고 인사를 하니 할머니

께서는
‘그래, 우리 꽃송이들 왔는가.’
‘예, 할머님.’
‘그래, 우리 사랑하는 꽃송이들 저녁밥은 맛있게들 먹었
는가? 밥을 먹었으면 밥값을 해야지. 자, 이제 천자문을 다
마쳤으니 오늘부터는 어린이들이 반드시 익히고 배워야 할
소학(小學)을 공부하도록 해요.’
어머니와 자녀들이 소학 책을 받아 들고 자리에 앉자 할머
니의 강의가 시작되었다.

‘어린이 여러분, 예로부터 우리 어른들은 앞날이 기대되
고 희망찬 꿈을 꾸는 어린이를 꽃송이에 비유하여 꽃송이
라 부른답니다.’
꽃송이는 자신을 뽐내려는 것이 아니라 자신의 꿈을 실현
시키기 위해 아름다운 향기와 꿀을 가지고 벌 나비 손님을
맞이하여 꿈의 결실을 맺어 열매가 되지요. 그래서 우리
어른들은 미래의 희망이며 현재를 잘 살아가는 어린이를
꽃송이라 비유하여 사랑스럽게 부른답니다.
꽃송이 여러분, 지금 여러분이 배울 소학 공부는 꽃을 피
우고 열매를 맺을 수 있는 정말 중요한 공부입니다.

옛날 소학교(小學校)에서 어린 사람을 가르치되 물 뿌리고 쓸며 응하고 대답하며 나아가고 물러나는 예절과, 어버이를 사랑하고 어른을 공경하며 스승을 높이고 벗을 친히 하는 방도로써 하였으니, 이것은 모두 몸을 닦고 집안을 가지런히 하고 나라를 다스리고 천하를 평안히 하는 근본이 되는 것입니다.

우리 꽃송이들이 반드시 어릴 때 강(講)하여 익히게 하는 것은, 그 익힘이 지혜와 함께 자라며 교화가 마음과 함께 이루어져서 나아가고 물러나는 예절 등을 몰라 어떻게 해야 하나 당황하며 거슬려 감당하지 못하는 꽃송이 여러분들의 근심을 없게 하고자 해서입니다.

그리고 어머니 여러분.
여러분께서 반드시 해야 할 일이 있습니다.
어머니의 마음은 자녀들에게 공부의 신이요, 기획력(企劃力)이며 창의적(創意的)인 삶을 살게 하는 원천입니다. 다만 너무 지나치거나 모자람이 없도록 자녀들의 적성에 알맞은 공부를 시켜야 합니다.
사람은 태어날 때부터 착한 마음의 보물을 가지고 태어났으나 안타깝게도 기질의 편차 때문에 순수하고 잡됨의 차

이가 없지 않습니다.

호랑이나 사자 등 맹수들도 암컷인 어미가 새끼들에게 먹이를 사냥하고 살아갈 수 있는 교육을 담당하는 것을 보면 알 수 있지요.

'아 그렇구나.'

모든 어머니들이 고개를 끄덕이며

'우리가 공부의 신이라고요?'

'예, 맞습니다. 여러분은 공부의 신이요, 교육의 어머니입니다.'

어머니와 아이들은 '공부의 신 만세! 교육의 어머니 만세! 우리 꽃송이들 만세!'를 외치며 서로 끌어 앉고 좋아한다. 그 광경을 바라보는 할머니와 꽃나무 바람도 웃음 꽃이 활짝 폈다.

'할머님 좀 더 자세하게 말씀해 주세요.

우리 공부의 신 교육의 어머니인 저희들이 무엇을 해야 하는지를요.

방안에는 후끈한 배움의 열기가 달아오른다.

'그래요, 여러분께서는 먼저 우리의 어린 꽃송이 자녀들에게 해야 할 일이 있습니다. 그 일은 잃어버린 본래의 착한 마음을 되찾아 주는 것입니다.'

'중용(中庸)에 이르기를 중화(中和)를 지극히 하면 천지가 제자리를 편히 하고 만물이 탄생하고 길러진다 하였습니다. 우리 사람의 마음속 에는 태어날 때부터 하늘에서 부여받은 인의예지(仁義禮智)의 단서가 마음속에 자리 잡고 일에 따라 중화의 도를 이루는 선(善)한 마음의 이치(理致)가 있습니다.'

인(仁)은 사랑의 이치로 측은해 하는 마음이며, 의(義)는 떳떳하지 못함에 부끄러워하는 마음이며, 예(禮)는 서로 공경하고 사양하는 마음이며, 지(智)는 모든 일에 대하여 옳고 그름을 분별하는 마음입니다. 여기에 신(信)이라는 믿음의 바탕 위에서 자식 사랑과 효도의 향기로운 꽃이 피어나고, 천지자연과 더불어 사람 사는 세상에 행복의 결실을 나누며 사는 것으로 천지(天地)와 만물(萬物)이 본래 나와 일체(一體)인 것입니다.

율곡 이이 선생께서는 우리의 선한 마음을 한량없는 보물이라 하셨습니다. 그리고 그 마음의 보물을 꺼내 쓸 줄 모르니 슬픈 일이라 하셨습니다. 지금 우리 사는 세상에는 자신의 선한 마음의 보물을 잃어버리고 방황하는 어린이와 청소년들이 너무나 많습니다. 우리 모두의 희망이며 미래인 자녀들이 현재의 삶을 자포자기(自暴自棄)한 채로 살아

간다면 아름다운 세상의 현재가 계속되지 못할 것은 자명(自明)한 일입니다.

사랑이 넘치고 서로를 존중하고 함께 꾸려가는 아름다운 세상을 만드는 일 중에 제일 으뜸인 것은 스스로만 이롭게 하려는 사욕을 버리고 예를 회복하는 극기복례(克己復禮)의 일입니다. 그것이 곧 사욕이 없는 텅 빈 마음으로 본래의 나를 찾는 길이며 아름다운 향기가 피어나는 꽃송이 마음인 것입니다.

아름다운 세상을 꿈꾸는 여러분께서는 본래의 순수(純粹)하고 착한 마음을 잃어버리고 방황하는 어린이와 청소년들에게 아름다운 향기가 배어나는 꽃송이 마음을 찾아주는 일에 주저하거나 망설이는 일이 없어야 할 것입니다. 그것이 곧 인성교육입니다. 이 교육은 우리 모두가 주인공으로 꽃송이 마음찾기 운동을 해나가는 선각자(先覺者)가 되어야 할 것입니다.

'할머님, 그러면 저희가 어떠한 모습으로 어린 자녀들에게 가정교육을 시켜야 하나요?'

'봄에는 봄나물처럼 향기로운 말과 부드러운 행동을 보여줘야 합니다. 따듯한 인정과 사랑을 나누는 공부지요.

여름에는 예의를 지키며 뜨거운 태양처럼 모든 일에 열정을 다하는 부모의 모습을 보여줘야 합니다.
가을에는 열정으로 이룩한 꿈의 결실을 따는 공부로 참다운 결실을 아끼고, 옳지 못한 일을 한 꿈의 결실에 대하여 부끄러움을 아는 공부를 가르쳐야 합니다.
겨울에는 깨끗한 흰 눈처럼 이것이 옳은지, 저것이 옳은지 분별하는 밝은 지혜의 공부를 하게 합니다.
이 아름다운 공부가 믿음이라는 바탕 위에 살며 사랑하며 행하는 가운데, 뿌리를 튼튼히 내려야 가지와 잎이 무성하고 행복의 열매가 세상을 아름답게 만드는 것입니다.'

'예, 잘 알겠습니다. 할머님.'
할머님께서 모두를 둘러보시고 난 후
'아는 것도 중요하지만 실천이 중요합니다. 그럼 오늘 공부는 꽃송이 마음찾기 노래를 부르며 마치도록 하겠습니다.'
모두 함께 꽃송이 노래를 힘차고 즐거운 마음으로 부른다.

꽃송이 마음 찾기 노래

희망찬 미래를 꿈꾸는 사람을
우리는 꽃송이라 부르지요
따듯한 봄날 오면
벌 나비 짝지어 춤추고 노래하며
사랑의 꿈을 꾸지요
봄 가고 여름 오면 사랑의 꿈 머금어
정열의 꽃 젊은 꽃으로 피어나
아름다운 꿈 즐겨요
울긋불긋 단풍들면 우리 사랑 결실 맺어
보람 있는 꿈을 따고 아름다운 행복 누려요
눈 내리는 겨울 오면 따듯한 화롯불 가에
오순도순 모여앉아 이야기 꽃 피우며
꿈의 결실을 사랑하지요

사랑을 나누고
행복을 전하는 밤

 그렇게 즐거운 공부시간이 끝나고 꽃송이 어린이들은 어머님들을 따라 나오며 할머님께 인사를 드리고 꿈을 파는 할머니 밥집학교의 사립문을 나선다.

홀로 가는 어두운 밤, 지팡이를 벗 삼고 별빛을 등불 삼아 조심스러운 발길을 옮겨 간다. 산모퉁이 돌아가는 길 저만큼 멀리에서 불빛이 깜빡인다.

'불빛은, 저 불빛은 무슨 불빛일까. 무슨 사연을 안고 무슨 깨달음의 도를 간직하고 있을까. 꽃나무 바람은 간다. 도를 찾아 간다.

보인다. 조그마한 동굴 입구에 한 여인이 꺼져가는 모닥불과 함께 보따리를 베게 삼아 쓰러져 있다.

꽃나무 바람은 급한 마음에 여인을 흔들어 깨워 본다.

여인은 가냘픈 신음소리와 함께 눈을 뜨고 꽃나무 바람을 올려다본다. 꺼져가는 모닥불 빛에 보이는 그 여인의 행색은 초라했지만, 눈빛은 맑고 아름다웠다.'

'무슨 사연일까. 왜 이 밤에 아름다운 눈빛을 가진 여인이 온몸이 싸늘하게 식어가며 이곳에 모닥불을 피우고 홀로 누워 있는가. 저 눈빛은 무엇을 말하고 싶을까.'

꽃나무 바람은 자신이 싫었다. 아무것도 가진 것이 없어 도움을 줄 수 없는 자신이 저 여인보다 초라함을 느낀다. 그리고는 꺼져가는 모닥불을 바라본다. 모닥불이 꺼져가면서 간절히 바라는 모습으로 말한다.

'꽃나무 바람님, 당신은 아직도 부자입니다. 가진 것이 너무나 많은 부자입니다. 꽃나무 바람은 순간 깨닫는다. 자신에게도 많은 나무껍질이 있다는 것을.'

꽃나무 바람은 자신을 감싸고 있는 나무껍질을 한 조각 떼어 낸다. 꺼져가는 모닥불 위에 올려놓는다. 또 한 조각 떼어 올려놓는다.

떼어낸 자리가 시리고 아프다. 그래도 내어 줄 것이 있는 자신이 너무 좋았다.

몇 조각을 더 떼어서 모닥불 위에 올려놓으니 불길이 타 오른다. 타오르는 모닥불 열기에 동굴 주변의 냉기가 사라진다.

여인의 모습이 보인다. 일어날 기력이 없는 여인은 눈을 뜬 채로 고개를 돌려 꽃나무 바람을 바라보며 있었다.

꽃나무 바람은 묵묵히, 한 조각 자신의 나무껍질을 떼어 낸 후 모닥불에 따듯하게 달궈서 누워있는 여인의 몸 위에 올려놓는다.

또 떼어서 모닥불 위에도 올려놓고 여인의 몸 위에도 올려놓는다.

밤이 깊어간다. 따듯한 온기에 몸을 녹인 여인이 힘겨운 모습으로 일어나 앉으며

'고맙습니다. 당신은 누구시길래 모든 것을 다 내어 주십니까. 이렇게 따듯하고 포근한 사랑을 처음 느껴 봅니다. 저는 지금 이 밤이 너무나 행복합니다. 괜찮으시다면 당신께 기대 앉아 행복한 밤을 보내고 싶습니다.'

꽃나무 바람은 지팡이를 들어 모닥불이 잘 타오르도록 들썩인다. 아름다운 불꽃이 피어오른다. 지팡이는 스스로를 불사르며 자신을 버린다.

밤이 늦도록 사랑을 나누고 행복을 전하고 지팡이는 불꽃의 축제를 연출하고, 꽃나무 바람과 눈빛이 아름다운 여인과 모닥불과 지팡이는 깊은 밤 꿈속으로 달려간다.

세상사 하룻밤 꿈속인 것을

 날이 밝았다. 꽃나무 바람은 눈을 뜨고 둘러본다.

사랑을 나누고 행복을 전하며 밤을 보낸 여인은 간 곳이 없고 모닥불은 꺼져 있다.

불꽃놀이에 자신을 불태우며 짧아진 지팡이만 남아 꽃나무 바람을 반긴다.

'밤새 모닥불과 함께 다 타버리지. 무슨 미련이 남아 너는 아직도 내 곁을 떠날 줄 모르는가.'

꽃나무 바람은 지팡이를 끌어 당겨다 짚고 앉아 동녘에 떠오르는 태양을 바라본다. 눈부신 아침 햇살 속에서 지팡이 버릴 곳을 보았다.

'그래, 지팡이 네가 있어야 할 곳을 보았도다. 깨달았도다.'

꽃나무 바람은 짧아진 몽당 지팡이를 어깨 위에 걸치고 즐거운 발걸음으로 길을 간다.

알았도다. 알았도다.
지팡이 너 버릴 곳을 알았도다.
있으면 있는대로 없으면 없는대로
넉넉하면 넉넉한대로 부족하면 부족한대로
살며 사랑하는 곳 행복을 전하는 곳
알았도다 너와 내가 갈 곳을 알았도다
어서가자 어서 가
아리랑 고갯길을 넘어 가자.

  응달진 산자락, 아리랑 고개를 넘어서면 있는 곳. 햇살이
부족한 곳. 가끔씩 찾아주는 노루와 토끼가 있는 곳. 산새
가 잠시 쉬어가는 곳. 꽃나무 바람이 살던 곳.
그 곳으로 꽃나무 바람은 불꽃을 피우느라 짧아진 몽당 지
팡이와 함께 다시 돌아왔다.
하룻밤 꿈속을 헤매고 왔을 뿐인데, 천진난만 하게 방긋
웃으며 싹을 틔우고 올라오던 어린 꽃나무는 어느덧 자라
나 부족하고 넉넉지 못한 환경 속에서도 가지마다 꽃송이
가 만발하고,
하늘에 뜬 태양은 중천에 올라와 많은 시간 햇살을 보내 줄

수 없음을 아쉬워하듯 밝게 비추어 주고, 높은 산에는 산 그림자가 내려올 준비를 하고 있었다.
꽃나무 바람은 몽당 지팡이를 들고 어린 꽃나무에게 다가가 만발한 꽃의 무게 때문에 늘어진 가지를 받쳐준다.
그리고 살며시 지팡이 옆에 기대어 앉아 시를 노래한다.

天地歌 천지가

天恩瞻太陽   하늘의 은혜로움은 태양을 볼 수 있게 하고
천은첨태양

地德育花樹   땅의 덕스러움은 꽃나무를 길러 주네
지덕육화수

花盡瞻結實   꽃이 다한 자리엔 맺힌 열매가 보이고
화진첨결실

結實育生命   결실의 열매는 생명을 길러준다네
결실육생명

　노래를 마친 꽃나무 바람은 두 손을 모으고 기도한다. 이 세상 모든 꽃송이 같은 어린이들과 많은 사람들이 즐거운 마음으로 행복의 꿈을 꿀 수 있게 해 달라고.

기도를 마치고 떨어지는 꽃 잎 하나를 두 손으로 받아서 가슴에 안고 미안합니다. 감사합니다. 사랑했습니다. 가슴에 안긴 꽃잎이 아름다운 향기를 전해 온다.

바람이 분다. 어린 꽃나무의 꽃잎이 휘날린다. 하얀 꽃잎들은 허공을 맴돌다 앉아있는 꽃나무 바람 위에 내려와 수북이 쌓인다.

꽃나무 바람은 꽃나무 바람은 조용히 두 눈을 감는다.

지팡이 버릴 곳이 어디인가를 깨닫고 돌아온 즐거움에 행복의 꿈을 꾼다. 사랑을 나누고 행복을 전하는 꿈을 꾼다.

꽃나무 바람은 마지막 남은 몸통하나마저도 어린 꽃나무에게 밑거름으로 내어주며, 새로운 꽃나무가 되는 길을 간다.

우리의 마음지팡이는 어디에 버려야 하나

꽃나무 바람은 지팡이 버릴 곳을 찾아서 행복했는데, 우리내 사람은 지팡이를 어디에 버려야 할까.

사람다운 길을 갈 수 있도록 지켜주고 안내해 주는 지팡이, 그것은 곧 아름다운 우리의 선(善)한 마음의 지팡이가 아닌가 싶다.

그 마음 지팡이를 버릴 곳은 오직 한군데, 깨달음 공부의 길에다 버려야 한다. 한 자루의 연필이 닳아서 몽당연필이 될 때까지 아낌없이 쓰고 버려야 하듯, 우리의 마음지팡이 쓰는 법은 어려서부터 익숙하게 학습시키지 않으면, 어린 사람이 한 계단 한 계단 성장해 올라가는 인생의 목표인 지팡이를 버릴 곳에 오를 수 없다.

깨달음 공부란 기이하고 이상하거나 별다른 사물이 아니다. 하늘이 만물을 낳고 기름에 무엇을 바라고 요구하는 바가 있겠는가. 날짐승이나 길짐승은 그들이 가야 할 길을 가고 사람은 사람의 길을 가면서 각기 해야 할 공부가 있다. 길짐승이나 날짐승은 어려서부터 어미에게 살아남는 법을 학습 받는다. 그 학습은 반드시 약육강식(弱肉强食)의 학습이다.

그러나 우리는 사람이기에 약육강식의 살아남는 법을 배우고 학습시켜서는 안 된다.

우리는 사람답게 살아가는 법도를 학습시켜야 한다. 그래야 더불어 사는 아름답고 행복한 세상이 되는 것이다.

우리의 어린 꽃송이 자녀들은 지금 약육강식의 살아남는 법을 학습하는 공부를 많이 하고 사람답게 살아가는 법도는 외면한 체 약육강식의 학습만 시키는 부분이 많다. 그 결과는 우리의 어린 꽃송이 자녀들이 잃어버린 돼지를 찾아 방황하는 사람들과 같은 길을 가게 된다는 것을 알지 못한 것이다.

잃어버린 돼지를 찾아 방황하는 사람들

어떤 알뜰한 사람이 열심히 모은 돈으로 토실토실하게 살이 찐 어린 새끼 돼지 한 마리를 샀다. 어린 새끼 돼지를 잘 키워 되팔면 소도 사고, 말도 살 수 있다는 생각을 한 것이다. 참 좋은 생각이다. 그래서 어린 돼지를 애지중지 데리고 집으로 가던 중 정자나무 그늘에 잠깐 쉬어 가려고 하다가 깜빡 잠이든 사이에, 어린 돼지는 꿀꿀대며 먹이를 찾아 알뜰한 사람 곁을 떠나고 말았다.

잠에서 깬 알뜰한 사람은 어린 돼지 새끼를 찾아 사방을 헤맨다.

'천금 같은 돈을 주고 산 아까운 내 돼지, 내 돼지…' 하면서 찾아 헤맨다. 한편 어린 돼지는 먹이를 찾아 이곳저곳을 다니던 중, 어느 인색하고 욕심 많은 사람에게 잡혀가고 만다. 인색한 사람은 돼지우리에다 어린 돼지를 넣어

두고, 먹이는 조금 주면서 빨리 자라기만을 바란다.

그러다보니 더구나 놀고먹는 어린 돼지가 미워지기 시작한다. 그래서 먹이를 더 적게 주고, 아까워서 또 적게 주고, 하루에 한 번 이틀에 한 번 그러다 게으름을 부리느라 일주일에 한 번 적은 양의 먹이만 주니 어린 돼지는 몸이 마르고 수척해 져서 우리 틈 사이로 빠져 나와 먹이를 찾아 도망가고 말았다.

어린 돼지는 길가에서 풀을 뜯어 먹으며 허기를 모면하고 여기저기를 헤매다, 마침내 먹을거리가 많이 쌓여있는 인심 좋고 마음씨 좋은 부잣집 곳간을 발견하고 좁은 틈을 비집고 들어가 보니, 이것저것 먹을거리가 너무나 많았다. 곳간에는 술독도 몇 개나 묻혀 있었는데, 술이 맛있게 익어가고 있었다. 어린 돼지는 먹고 놀며 이것저것 맛있는 먹거리를 먹고, 목이 마르면 술독에 있는 술을 먹으면서 즐거운 나날을 보낸다.

그러니 살이 쪄서 들어온 틈으로 다시 나갈 수가 없어, 곳간 한쪽에 자리 잡고 아예 눌러 앉아 살아간다.

한편 인색하고 욕심 많은 그 사람은 어린 돼지가 없어진 것을 알았다.

도망간 돼지가 아까웠다. 그래서 돼지를 찾으려고 온 동네를 돌아다녀 보아도 돼지는 보이지 않았다. 돌아온 그 사람은 날마다 돼지를 찾으러 이 마을 저 마을을 돌아다녀도 찾을 수가 없자 억울하고 분한 마음이 일기 시작했다.

인심 좋은 부잣집 곳간에서 놀고먹는 돼지가 보일리가 없었다. 그 사람은 정말 화가 났다. 보이지 않는 돼지가 아깝기도 하고 밉기도 하고, 억울한 마음에 잠을 못 이루고 증오심으로 밤잠을 설친 지 몇 달이 되었다.

기필코 찾고야 말겠다는 오기가 생겼다. 다음날 새벽 일찍 일어나 행장을 꾸려 가족을 버려둔 채로 돼지를 찾으러 집을 나섰다. 한편 인심 좋은 부잣집에서 살고 있는 돼지는 큰 몸집을 자랑하며 살고 있던 어느 날, 곳간을 열고 들어온 부잣집 하인들의 눈에 띄어서 먹고 노는 돼지의 할 일을 다 하기 위해 애잔한 울음소리를 내며 끌려가고 말았다.

마음이 인색한 그 사람은 자신의 마음을 잃어버린 채, 오늘도 어린 돼지를 찾아 온 사방을 방황하고 있었다.

돼지는 많이 먹고 살이 찌면 빨리 죽는다는 사실을 모르고, 사람은 사사로운 욕심으로 본래의 내 마음을 잃어버린 채 되찾을 줄 모르고 돼지만 찾아 헤매는 것은 무엇인가.

사람으로서 가야 할 길을 가지 못하고 돼지가 가는 길을 찾아 따라가는 그 사람은 사람인가, 돼지인가.

　그러던 어느 날, 돼지를 찾아서 방황하던 인색한 그 사람
은 인심 좋은 부잣집 앞을 지나다 돼지를 잡아먹은 하인들
을 만나 하인들에게 물어본다.
　'혹시 여기를 지나는 어린 돼지를 보지 못했소?'
하인들은 '큰 돼지는 얼마 전에 우리가 한 마리 잡아먹었
습니다만… 어린 돼지는 못 보았답니다.'
　'그래요. 내가 잃어버린 돼지는 어린 돼지랍니다.'
그 사람은 어린 돼지 생각밖에 없었다. 옳고 그름을 분별
하는 지혜의 마음을 잃어 버렸기 때문이다. 또 간다. 어린
돼지 찾아 길을 간다.
지친 몸으로 돼지를 찾아 방황하는 그에게 알뜰한 사람이
다가와 묻기를,
　'여보시오. 혹시 어린 돼지 한 마리를 보지 못했나요. 내
가 몇 달 전에 어린 돼지 한 마리를 잃어 버렸다오. 비싼
값을 주고 산 돼지를 잃어 버렸다오. 너무나 아까워 몇 달
째 찾아다녀도 찾을 길이 없군요.'
어린 돼지 찾아 방황하는 사람이 또 있었다.
　'그래요. 나도 어린 돼지를 잃어버리고 찾아 나선 지 몇
달이 되었다오.'
한 사람은 비싼 값을 주고 산 어린 돼지를 잃어버린 자. 그

잃어버린 어린 돼지를 가져다 다시 또 잃어버린 자. 돼지를 잡아먹은 부잣집 하인들. 한 마리의 돼지를 놓고 배불리 먹은 자들과 방황하며 떠도는 자들.

이것이 우리가 사는 세상이다. 스스로는 아니라고 하겠지만 오늘도 돼지 찾아 길거리를 방황하는 사람이 많더라. 돼지를 잡아먹은 사람도 많더라.

豚心之路存食貪
돈심지로존식탐

人心之路在出豚
인심지로재출돈

豚心之裏無人間
돈심지리무인간

人心之裏有癡豚
인심지리유치돈

돼지 마음이 가는 길엔 식탐만 있고

사람 마음이 가는 길엔 집나간
돼지만 있다네

돼지 마음속에는 사람이 없는데

사람 마음속에는 어리석은 돼지
만 있구나.

사람이 오르는 마지막 계단이 지팡이를 버릴 곳이다

사람을 인도하여 가르치기를, 사랑의 덕(德)으로 하고 믿음 있게 하며 예(禮)로써 가지런히 하여 서로가 불편함이 없다면 착하지 않은 사람이 혹 있더라도 부끄러운 마음을 일으켜 착하게 될 것이다.

우리 사람은 만물의 영장(靈長)으로 머리를 위로 하고 사는 상등 동물이다. 머리를 밑으로 하고 살아가는 하등 동물과는 다르다.

그래서 태어나 밥을 먹고 아장아장 걸으며 말을 하게 되면서부터 인사하는 법을 배워 익히고 건강한 어린이로 성장하게 되는 것이 첫 번째 계단을 오르는 것이다. 여덟 살이 되면 소학교(小學校)에 들어가 물 뿌리고 쓸며 응하고 대하는 예절의 법도를 익혀 배우면 자기도 모르는 사이에 사사로운 욕심이 없어지고, 본래의 착한 마음을 잃어버리지 않고, 착한 어린이라는 소리를 듣게 되면서 15세가 되면 지학(志學)이라고 하며, 학문에 뜻을 두고 수신제가치국평천하(修身齊家治國平天下)와 성의(誠意) 정심(正心) 치지(致知) 격물(格物)을 궁구(窮究)하게 된다.

그 사람을 두 번째 계단을 오른 선인(善人)이라고 부른다. 열다섯에 착하다 소리를 들어야 여자 친구도 사귈 수 있다. 착하지 않은 소년에게 어찌 여자 친구가 따르겠는가. 선인이란 사람의 도리와 이치 공부를 꼭 하여야 된다는 생각을 가지고 꾸준히 노력하는 사람이다. 그렇게 노력하면서 세 번째 계단을 향해 가는 것이다.

세 번째 계단은 30세가 되면 이립(而立)이라고 하는데, 그때쯤이면 자기 스스로 자립하여 살아 갈 수 있는 위치가 확고히 굳어져서, 이리 갈까 저리 갈까 잃어버린 돼지를 찾아다니는 어리석은 방황은 하지 않고, 자신이 갈고 닦은 신념으로 확실한 믿음을 주므로 사귀던 여자 친구와 결혼해서 가정을 꾸리고 아들 딸 낳고 잘 살 수 있는 것이다. 그러한 사람은 믿음을 주는 사람이므로 신인(信人)이라 부른다. 신인은 선(善)을 자기 몸에 소유하여 사욕에 이끌리지 않고, 스스로를 지킴이 굳어져서 뜻을 두는 일을 일삼을 필요가 없어서 사랑하는 마음으로 변치 않는 사람이다.

그렇게 40세가 되도록 살아가면 네 번째 계단을 만나게 되는데, 네 번째 계단을 불혹(不惑)이라 한다.

자립하여 모든 일에 믿음을 가지고 살아가는 도리의 공
부를 하고 실천했기 때문에 세상살이에 필요한 의(衣),식
(食),주(住) 성(聲),색(色) 등에 의혹되어 끌려가는 바가 없
어서, 오직 성인(聖人)의 도를 향하여 선비로서 목적한 바
를 궁구하고 성취해 가는데 사사로운 욕심의 방해를 받지
않으니 그러한 사람을 미인(美人)이라 부른다.

미인은 그 선(善)한 마음을 다하니 안으로 충만(充滿)함이
쌓여 아름다움이 밖으로 드러나는 것이다.

계단 오르느라 힘들 텐데, 여기서 잠시 쉬어가자.

불혹(不惑)의 나이가 되면 인생길 계단에서 제일 힘들고 고
달프지만, 인생 성공을 자축하며 온갖 유혹을 많이 받는
시기로, 위아래로 보이는 것이 없는 교만함과 사치에 빠지
기 쉽다.

한번쯤 돌이켜 보는 시간을 가져 보자, 현재의 나 자신을.
내 마음의 지팡이 버릴 곳을 향해 계단을 잘 오르고 있는
지를…

　다섯 번째 계단은 하늘에서 부여받은 명을 알 수 있는 나
이로 오십 살 을 지천명(知天命)이라 한다.

천명은 하늘의 도(道)가 유행(流行)하여 사물에 부여(賦與)

한 것이니, 당연한 도리(道理)의 소이연(所以然)이다.

즉 인의예지(仁義禮智)의 선한 마음과 오래 살고, 빨리 죽고, 잘 살고, 못 살고, 귀하고, 천하고 하는 등의 하늘이 명한 분수에 순응할 줄 아는 것이다.

마음을 비워 의(義)로움을 따르고 사욕(私慾)을 버릴 줄 알아 큰일을 하는 것이다. 그러한 사람을 대인(大人)이라 이르니, 충실한 덕업이 쌓여 빛남이 있는 것이다.

여섯 번째 계단은 대인의 삶을 살면서도 배움으로 인도하는 마음의 지팡이를 놓지 않고 정진하여, 귀에 들리는 소리마다 마음에 옳고 그름이 순순히 이해되고 통하여 알 수 있으니 무슨 말을 들어도 귀가 편안하고 그대로 순수하게 깨달아진다는 육십 살을 이순(耳順)이라고 한다.

즉 대인이면서 저절로 화(化)하여 성인(聖人)의 경지에 오른 것이다. 자신이 큰일을 하는 대인이면서도 자신이 한 대업(大業)을 내세우거나 명예를 구하지 않아 자취가 없게 한다면, 생각하지 않고 힘쓰지 않아도 차분하고 침착함이 천지자연의 도(道)에 일치되어 성인으로 화(化)하는 것이니 대인은 힘써 할 수 있으나 성인(聖人)은 억지로 되는 것이 아니다.

일곱 번째 계단은 종심소욕불유구(從心所慾不踰矩)로 칠십 살을 일컫는다. 이 계단은 성인이 노닐며 공부의 지팡이를 꽂아 버리는 계단이라고 생각하면 될 것이다.

마음이 하고자 하는 대로 하며 유유자적(悠悠自適)하게 노닐어도 법도를 넘음이 없다는 말인데, 이 계단에 오른 성인은 신인(神人)이라고 한다.

즉 성(聖)스러워 알 수 없는 성인(聖人)의 묘(妙)한 자취를 사람들이 알 수 없으니 신(神)이 아닐 수 없는 것이다.

이렇게 일곱 번째 계단에 오르는 것은 성인(聖人)과 현인(賢人)의 말씀이며 가르침이니 소홀히 들어 넘기지 말고 명심(銘心)하여 가슴과 배에 가득 차게 하여야 할 것이다.

인생의 계단을 오르다 보면

 인생살이의 계단을 오르다 보면 수많은 난관에 부딪치게 된다.

세상살이가 마음먹은 대로 된다면 얼마나 좋을까 생각하며 빌고 또 빌어 보지만 좋은 일은 남에게 가고 나쁜 일은 다 내게로 오는 것만 같은 생각이 든다.

그런 생각을 하면서도 자포자기 하지 않고 열심히 살아가는 사람은 그래도 잘 살아가는 편이다.

만일 이 세상일이 마음먹은 대로 된다면 생각만 해도 무서운 일이다.

어린이부터 어른에 이르기까지 인륜(人倫)의 도덕과 질서를 무시하고 약육강식(弱肉强食)의 학습을 익힌 그대로 살아간다면 강자만 살아남고 약자는 살아남을 수 없는 세상이 되지 않겠는가.

이 세상에는 배가 고픈 사람이 많다.

이 세상에는 병들어 지친 사람도 많다.

이 세상에는 마음이 아픈 사람이 많다.

그보다 더 슬픈 아픔은 돈 앞에서 마음이 달라지는 사람도 많다는 것이다.

돈과 경제의 운용(運用)은 인간 생활의 유지 발전에 필요한 것으로 없어서는 안 될 중요한 것이다. 재화(財貨)의 생산과 교류 분배 소비가 돌고 도는 일로 경세제민(經世濟民)에서 온 말이다.

경세제민이란, 세상을 경영하고 백성을 구제한다는 말로 경세제민의 바탕은 사랑이다. 사랑이 아니면 나라를 다스릴 수 없고 백성을 구제할 수 없는 것이다.

우리 모두 사랑을 나누며 살아가면 좋겠다. 천만번 들어도 싫지 않은 말 사랑을 나누며 살자.

어떤 사람이 오래된 고질병에 삼 년 묵은 약쑥이 좋다는 말을 들었는데, 삼 년 묵은 약쑥이 없어 어떻게 하나 생각하다가 들판으로 달려가 약쑥을 베어 그늘에 말리려고 걸어 놓고 삼 년을 기다리기로 하였다. 삼 년을 기다리다 보면 병이 악화될 수도 있겠지만, 약쑥이 좋다는 말을 듣고 믿었기 때문에 약쑥을 준비하는 실천을 한 것이다.

내 몸이 병들어 아프건, 아프지 않던 간에 모든 사람들이 병 치료에 효과가 좋은 약쑥을 준비하는 마음으로 살아간다면, 배고프고 병들고 마음에 상처를 받은 이들에게 사랑을 주고 또 사랑을 받는 우리가 될 것이다. 사랑의 약쑥 한 줌을 나누면서 더불어 함께 오르는 인생의 계단 길에서 끝까지 잘 오르는 사람도 있고 중도에 병들어 지치고 피치 못할 사정으로 못 오르는 이도 있을 것이다. 그래도 우리 마음만은 늘 함께 사랑을 나누며 인생의 계단을 오르는 아름다운 마음씨를 가진 우리가 되길 빌어 본다.

어린 꽃송이들의 잃어버린 마음을 찾는 법

 어린 꽃송이들의 마음을 찾는 법이라고 말했지만, 어떤 법이든 절대적인 법은 없다. 이 세상에 꼭 그렇게 해야 된다는 절대적인 법망에다 사람을 가두어 버리면 너무 삭막하지 않겠는가.

그래서 법으로 다스리는 것 보다는 인(仁)이라는 사랑으로 다스리는 것을 우선으로 하고 예(禮)의 법으로써 가지런히 하는 것이다.

잃어버린 마음이란 하늘로부터 부여 받은 성정(性情)으로 이것은 본래부터 고유(固有)한 것이다. 그러나 성품(性品)은 사람의 성질과 됨됨이 성질과 품격으로 우리는 마음속에서 우러나오는 인의예지(仁義禮智)의 선한 단서(端緒)가 기뻐하고 노하고 슬프고 두렵고 사랑하고 믿고 바라는 마음과 즐거움까지도 지나치거나 부족함이 없도록 조절(調

節)하는 공부가 필요한 것이다.

그 조절을 잘하는 습관을 들이는 학습이 어려서부터 잘 이루어지면 덕성(德性)이 발로(發露)되어 품격(品格)이 높아지는 것이다. 품격이 높아지는 어린이는 본래의 착한 마음을 잘 보존하며 보물처럼 꺼내 쓰는 사람이 되어 가고, 품격이 낮아지는 어린이는 본래 마음을 잃어 가고 있는 것이다. 그러한 어린이들의 마음을 찾아 주어 품격을 높여 갈 수 있도록 해주는 방법은 있는 그대로 알아주고 인정해 주며 사랑으로 인도하여 즐거운 학습을 해 주면 된다. 그것이 곧 학이시습(學而時習)이다. 말로만 가르치는 것이 아니라 생활 속에서 보고 배우고 실천하는 학습, 배운 바를 때때로 익숙히 하면 모든 일에 편안하게 대처할 수 있고 능률이 오르니 스트레스가 쌓일 수 없는 것이다.

스트레스가 쌓이지 않으면 긍정적인 생각이 들고 스트레스가 쌓이면 부정적이 된다는 것은 분명하다.

옛날 군자(君子)가 사람을 가르칠 때 다섯 가지 방법으로 가르쳤으니,

첫 번째로 단비가 초목을 기르듯 자애로써 가르치며

두 번째는 덕성(德性)에 의하여 가르치고

세 번째는 재능을 살려 가르치며
네 번째는 의문난 점을 물으면 그 의문을 풀어주고
다섯 번째는 간접적으로 군자의 감화(感化)를 받도록 가르치는 방법이다.

  이렇게 군자의 가르침으로 우리의 어린 꽃송이들을 학습시켜 좋은 습관을 갖도록 한다면 본래의 착한 마음을 잃어버릴 일도 없고, 착한 마음을 잃어버리고 방황하는 일도 없을 것이다.
그런데 지금 이 순간에도 수많은 어린 꽃송이들이 본래의 착한 마음을 잃어버리고 방황하며 약육강식의 살아남는 법만 학습시키고 있으니 안타깝고 슬픈 일이다.
모두 함께 있으면 있는 대로 없으면 없는 대로, 잘나면 잘난 대로 못나면 못난 대로 알아주고 인정해 주며 사람답게 살아가는 덕성을 높이는 학습, 즉 잃어버린 꽃송이 마음을 찾아 주는 학습은 공부의 신과 교육의 어머니인 여러분들이 앞장서 나서야 할 때이며 중요한 일이라고 생각한다.

논어(論語) 이야기 학이(學而)편

子曰學而時習之면 不亦悅乎아
자왈학이시습지면 불역열호아

공자께서 말씀하시길 배운 것을
때때로 익숙히 하면 기쁘지 않겠는가

有朋自遠方來면 不亦樂乎아
유붕자원방래　불역락호

벗이 먼 곳으로부터 찾아온다면
즐겁지 않겠는가.

人不知而不慍이면 不亦君子乎아
인부지이불온　　불역군자호

남들이 나를 알아주지 않더라도
서운해 하지 않는다면 군자가 아니겠는가

曾子曰 吾日三省身 하노니 爲人謀而不忠乎아
증자왈 오일삼성신   위인모이불충호

與朋友交而不信乎아 傳不習乎아니라
여붕우교이불신호   전불습호

　증자가 말하길 나는 날마다 세 가지로 내 몸을 살피노니
남을 위하여 일을 도모해 줌에 '충성스럽지 못한가, 붕우
와 더불어 사귐에 성실하지 못한가, 전수받은 것을 복습하
지 않았는가.' 이다.

　배운다는 것은 본받는다는 뜻이다. 사람의 본성은 모두
선하나 이것을 앎에는 먼저 하고 뒤에 함이 있으니, 뒤에
깨닫는 자는 반드시 선각자의 하는 바를 본받아야 선을 밝
게 알아서 그 본초를 회복할 수 있는 것이다. 습(習)은 새
가 자주 나는 것이니, 배우기를 그치지 않음을 마치 새 새
끼가 자주 나는 것과 같이 하는 것이다. 열(悅)은 기뻐하는

뜻이다. 이미 배우고 또 때때로 그것을 익힌다면 배운 것이 익숙해져서 중심에 희열을 느껴 그 진전이 자연히 그만둘 수 없는 것이다.

정자(程子)가 말하였다. 습(習)은 거듭함이니, 때로 다시 생각하고 연역(演繹)해서 가슴속에 무젖게 하면 기뻐지는 것이다. 또 배우는 것은 장차 그것을 행하려고 해서이니, 때로 익힌다면 배운 것이 내 몸에 있다. 그러므로 기뻐지는 것이다.

붕(朋)은 같은 뜻을 가진 동지(同志)이니 서로 올바른 길로 인도해 주는 벗이 먼 곳으로부터 온다면 가까이 있는 자들이 찾아옴을 알 수 있다.

정자가 말하였다. "선(善)을 남에게 미쳐서 믿고 따르는 자가 많다. 그러므로 즐거울 수 있는 것이다. 또 열(悅)은 마음속에 있는 것이요, 락(樂)이란 발산함을 주장하니 외면에 있는 것이다.

성낸다는 것은 노여움을 품은 뜻이다. 군자는 덕을 완성한 이의 명칭이다.

윤씨(尹氏)가 말하였다. "학문은 자신에게 달려 있고, 알아

주고 알아주지 않음은 남에게 달려 있는 것이니, 어찌 서운해 할 것이 있겠는가."

정자가 말하였다. "비록 남에게 미치는 것을 즐거워하나 옳다함을 받지 못하더라도 서운함이 없어야 이것이 이른바 군자라는 것이다."

내가 생각건대, 남에게까지 미쳐서 즐거운 것은 순(順)이어서 쉽고, 알아주지 않는데도 서운해 하지 않는 것은 역(逆)이어서 어렵다. 그러므로 오직 덕을 이룬 군자만이 능한 것이다. 그러나 덕이 이루어지는 소이(所以)는 또한 학문이 올바라야 하고, 익히기를 익숙히 하고, 기뻐하기를 깊이 하여 그치지 않음에 말미암을 뿐이다.

정자가 말하였다. "락(樂)은 열(悅)을 말미암은 뒤에야 얻어지는 것이니, 樂이 아니라면 군자라고 말할 수 없다.

증자(曾子)는 공자의 제자이니, 이름은 참(參)이요, 자(字)는 子輿(자여)이다. 자기 마음을 다하는 것을 충(忠)이라 이르고, 성실히 하는 것을 신(信)이라 이른다. 전(傳)은 스승에게 전수(傳受) 받은 것이요, 습(習)은 자기 몸에 익숙히 함을 말한다. 증자는 이 세 가지로써 날마다 자신을 반성하여 이런 잘못이 있으면 고치고, 없으면 더욱 힘써서 자신을 다스림에 정성스럽고 간절함이 이와 같았으니, 학문하는 근본을 얻었다고 이를 것이요, 세 가지의 순서는 또 충(忠), 신(信)을 전습(傳習)하는 근본으로 삼아야 하는 것이다.

윤씨가 말하였다. "증자는 지킴이 요약하였다. 그러므로 행동함에 반드시 자신에게서 구하신 것이다.
사씨(謝氏)가 말하였다. "여러 제자들의 학문이 다 성인에게서 나왔으나 그 뒤에 더욱 멀어질수록 더욱 그 참을 잃었는데, 유독 증자의 학문은 오로지 내면에 마음을 썼다. 그러므로 전수함에 폐단(弊端)이 없었으니, 자사(子思)와 맹자(孟子)에게서 관찰하면 이것을 볼 수 있다. 애석하다! 그 아름다운 말씀과 좋은 행실이 세상에 다 전해지지 못함이여. 그 다행히 남아있어 없어지지 않은 것을 배우는 자들이 마음을 다하지 않을 수 있겠는가?"

맹자(孟子) 이야기 (우산의 나무)

 맹자(孟子)가 말하였다.

우산(牛山)의 나무숲이 일찍이 아름다웠다고. 우산은 전국시대(戰國時代) 제(齊)나라 동남쪽에 있는 산 이름이다. 그런데 우산(牛山)은 관리가 잘 안 되는 읍(邑) 밖의 교외(郊外)에 있기 때문에, 사람들이 도끼와 자귀로 매일 나무를 베어가니 어찌 아름다운 산의 본래 모습을 유지할 수 있겠는가. 다행히 일야(日夜)에 자라나는 바와 우로(雨露)가 적셔주는 바에 새로운 싹이 나오는 것이 없지 않건마는, 또 다시 소와 양이 와서 새싹을 먹어 치우니 저와 같이 벌거벗은 민둥산이 되었는데 사람들은 우산(牛山)에는 일찍이 훌륭한 재목이 될 수 있는 나무가 없었다고 말한다. 이것이 어찌 산의 본성이겠는가.

우리 사람에게도 보존된 본성으로 말하면 인의(仁義)의 마

음이 없으리오마는, 그 양심(良心)을 잃어버림이 또한 도끼
와 자귀가 나무를 아침마다 베어 가는 것과 같으니, 이러
하고서도 아름다운 마음을 보존하고 살 수 있겠는가.
밤이면 새로운 각오를 하고 아침에는 맑은 기운으로, 그
좋아하고 미워함이 아름다운 마음으로 살아가는 선한 사람
들과 가까운 거리가 되었다가도 낮에 하는 소행이 이욕(利
慾)을 억제하지 못하여 아름다운 마음을 구속시켜 상실(喪
失)해 버리니, 그렇게 하기를 반복된 나날이면 선(善)한 마
음의 기운이 자라날 수가 없고 본래의 선한 마음을 회복하
지 못하면 금수(禽獸)와의 거리가 멀지 않게 된다.
  '사람들은 그 금수 같은 행실을 보고 따라하면서 자신은
일찍이 훌륭한 재질(材質)이 있지 않았다고 여기니 이것이
어찌 사람의 실정(實情)이겠는가' 라고 하였다.
우리는 이 우산의 나무 이야기 속에서 많은 것을 생각해 보
아야 할 것이다.

뿌리가 있어야 싹이 나고
싹이 자라서 가지와 잎이 되고
가지와 잎이 무성하여야 꽃이 피고
꽃이 활짝 피어야 열매가 열리고

열매는 마음의 고향(故鄕)이요
행복의 고향(故鄕)이라는 것을
그리고 우리는 어린 꽃송이들에게 본래의 아름다운 마음의
고향, 행복의 고향을 보존하는 가르침이 얼마나 중요한 일인
가를 알아서 억지로 조장(助長)하는 일이 없어야 할 것이다.

善敎滋養分이요　　　좋은 가르침은 자양분이요
선교자양분

善習自生力이라　　　좋은 습관은 자생력이다.
선습자생력

　좋은 가르침은 온고지신(溫故知新)의 일이다. 온고지신이
란 말은 옛것을 알아 익숙히 하는 과정에서 보고 느끼며 새
로운 것을 깨달아 새롭고 창의적인 삶을 살아가는 것이다.
옛것이란 성현(聖賢)의 가르침이며, 그 가르침을 이어 계승
(繼承) 발전(發展)시켜나가는 자연 사물의 이치를 궁구(窮
究)하는 공부이다.
성인과 현인들이 몸소 행하고 실천하는 과정에서 마음에
터득한 나머지로 인륜의 일용사물에 따라 근본 하여 가르
치고, 이상하거나 기이한 별다른 사물을 따라 마음을 빼앗

기는 가르침을 베풀거나 억지로 조장(助長)하는 어리석은
일은 없어야 한다.

어려서부터 우주대자연의 기운과 같이 공명정대(公明正大)
하고 강직(剛直)한 스스로의 기운을 해치는 일이 없도록 호
연지기(浩然之氣)를 기르는 습관을 들여 스스로의 기운을
해치는 일이 없도록 해야 한다.

반드시 어려서부터 호연지기를 길러야 하는 것은, 효과를
미리 기대하여 송(宋)나라 사람과 같이 조장하는 어리석은
일을 하지 말아야 하기 때문이다.

송(宋)나라 사람이 벼 싹이 빨리 자라지 못함을 안타깝게
여겨 이른 아침 논에 나가 벼 싹을 뽑아 당겨 놓았다. 그
사람은 아무것도 모른 체 집에 돌아와서는 '오늘 나는 매
우 피곤하다. 내가 벼 싹이 빨리 자라도록 잡아당겨 도와
주었다.' 하고 말했다.

아들이 그 말을 듣고 논으로 달려가 보니 벼 싹은 벌써 말
라 있었다.

이 세상에 벼 싹이 빨리 자라도록 조장(助長)하는 자가 적
지 않으니, 유익함이 없다 해서 가르치지 않고 버려두는
자는 벼 싹을 김매지 않는 자요 억지로 조장하는 자는 벼
싹을 뽑아 놓은 자이니, 이는 비단 유익함이 없을 뿐만 아

니라 도리어 해치는 것이다.

이 일을 미루어 보면 우리의 어린 꽃송이들을 가르치고 인도(引導)함에 온 정성과 사랑을 들여야 한다는 것을 알 수 있다.

호연지기란, 천지에 가득 찬 공명정대(公明正大)하고 강직(剛直)한 기운으로 만물(萬物)을 기르는 생명의 기운이요, 사랑의 기운인 것이다.

'사람은 가르침의 말을 듣고 깨달을 줄 알아야 한다. 말을 알려면 맹자의 가르침처럼 편벽(便辟)된 말에 그 가리운 바를 알며, 방탕(放蕩)한 말에 빠져 있는 바를 알며 부정한 말에 괴리(乖離)된 바를 알며 도피(逃避)하는 말에 논리가 궁함을 알 수 있으니, 마음에서 생겨나 모든 정사(政事)에 해를 끼치며 정사에 발로(發露)되어 일에 해를 끼치나니, 성인(聖人)이 다시 나오셔도 반드시 내 말을 따르실 것이다.' 하였다.

사람의 말은 모두 마음에서 우러나온 감정을 소리를 내어 상대에게 전하는 것이다. 이 세상에는 좋은 말이 너무나 많다. 그러나 그 말을 믿고 따르는 자는 드물다. 그 것은 말을 알지 못한 까닭이다.

말을 알아듣고 행하고자 하는 자는 먼저 아름답고 착한 마음을 찾아서 보존하여야 한다. 어른들도 마음을 잃어버리고 방황하는데 순진하고 어린 꽃송이들은 좋은 말만 하여도 다 알아 듣지 못한다. 그런데 그릇된 말을 하게 되면 그 말로 인하여 얼마나 많은 마음에 상처를 받고 힘들어하며 본래의 착한 마음을 잃어버리고 방황하겠는가. 우리 어른들은 어린 꽃송이들에게 있는 그대로를 알아주고 인정해 주며 격려해 주는 사랑을 전하는 말과 함께, 아버지는 지극히 성실하여 쉼이 없는 우주 대자연의 모습이며 어머니는 자연의 이치를 깨닫게 해주는 공부의 신(神)이며 스승은 자연의 가르침을 익숙히 할 수 있도록 이끌어 주는 사랑의 전달자의 모습으로, 모든 것을 아낌없이 내어주는 꽃나무가 가는 길을 따라 행복한 인생의 계단을 오르는 선각자(先覺者)가 되어야 할 것이다.

꽃나무 바람이 전하는 말

어느 날 꽃나무 바람은 글방에 앉아 글을 읽고 있었다. 경서(經書) 속에 있는 성현의 가르침을 읽고 또 읽어 보아도 좋은 말이다. 그런데도 마음은 답답하기만 하다.

도대체 어쩌란 말인가. 이렇게 많은 좋은 말과 가르침을 알 것도 같고 모를 것도 같고 의심만 쌓여간다.

답답한 마음에 책을 덮고 일어나 글방문을 나서본다. 뜰 앞 정원에는 스승님께서 산책을 하고 계셨다.

스승님께서는 산책을 하시면서 제자의 글 읽는 소리를 듣고 계셨던 것이다. 꽃나무 바람은 스승님께 나아가 예를 갖추고 나서 "스승님 감히 말씀드립니다. 저는 스승님을 훔치려 왔습니다. 그런데 언제나 저 멀리 계십니다."

스승님께서는 정원 뜰로 뻗어 올라오는 호박 넝쿨을 지팡이로 밀어 내시며 "나를 훔치러 왔다고? 나 텅 비었네. 애

쓰지 말게. 그대 글 읽는 소리에 욕심이 들어 있어. 마음에 욕심이 들어 있으면 글 읽는 소리가 무겁고 탁하지. 욕심을 버리면 글 읽는 소리가 낭랑(朗朗)하고 청아(淸雅) 하여 천지 사방에 전해진다네."

꽃나무 바람은 순간 깨닫는다. 스승님의 한 말씀 ' 나 텅 비었네.' 그 가르침 속에서.

그동안 꽃나무 바람은 스승님의 학식(學識)을 훔치려 했던 것이다. 어리석은 꽃나무 바람의 가슴속에 '나 텅 비었네. 나 텅 비었네.'의 말씀이 메아리처럼 전해 오고 있었다.

그때 스승님께서 조그만 나무 의자에 앉으시며 말씀하신다.

"사람의 마음은 영명(靈明)한 기운이요. 본 성(性) 이것은 마음속에 갖추어진 이치(理致)로, 모든 것이 다 이 마음속에서 우러나오건만 성(性)은 형체가 없어서 사람들이 많이 알지 못한다. 그대는 정밀히 생각하고 밝게 분별하여 깨달아야 할 것이다. 그 공부를 평생 행할 바의 근본으로 삼고 자신을 먼저 밝힌 연후에 남에게 미루어 해야 할 급선무는 인성(人性)을 깨닫게 해주는 일이니, 그 가르침이 한 번 바르지 못하면 심술(心術)이 바르지 못하고, 심술이 바르지 못하면 패륜난상(悖倫亂常)지변이 이르지 않은 바가 없을 것이다.

그대에게 말하노니 이욕을 따라서 본래의 선(善)한 마음을 잃어버리고 방황하는 이가 없도록 하는 일에 잠자고 밥 먹을 겨를도 없이 온 힘과 정성을 다해야 할 것이다.
"예, 알겠습니다. 스승님."
스승님께서 말씀하시고 꽃나무 바람은 대답하였다.
그리고 오늘도 꽃나무 바람은 이렇게 생각한다.
인성교육이 중요한 줄 알면서도 등한시하고 포기하는 것은 세상을 해치는 것이라고.
우리의 어린 꽃송이 들은 알아주고 인정해주며 사랑으로 이끌어주면 본래의 착한 모습으로 변한다고.
내 아들 딸은 아니라고 말하지 마라. 한 그릇의 맑은 물에 검은 먹물이 한 방울 섞이면 그릇에 묻은 먹물이 된다고.

어른들은 하나님을 믿고 부처님을 믿고 의지하면서, 미래의 희망이요 꿈이며 의지처인 우리 어린 꽃송이들의 천진난만한 웃음 속에 피어나는 진실되고 순수한 마음을 믿어 주지 않느냐고.
그리고 어린 꽃송이들을 대신해서 꽃나무 바람은 말한다.
'엄마 아빠 한번만 더 저희를 믿어주세요. 저희들에게 올바른 가르침을 베푸는 사랑의 손길을 내밀어 주세요. 잃어버린 본래의 착하고 아름다운 내 마음을 찾도록 해주세요. 저희는 가렵니다. 꽃을 활짝 피우고 열매 맺어 아낌없이 내어주는 꽃나무가 되는 길을 가렵니다. 사랑을 나누고 행복을 전하는 꽃나무가 되는 길을 가렵니다.

부 록

-삼강오륜(三綱五倫)-

君爲臣綱 (군위신강) 임금은 신하의 근본이 되고
父爲子綱 (부위자강) 아버지는 아들의 근본이 되며
夫爲婦綱 (부위부강) 남편은 아내의 근본이 된다.
父子有親 (부자유친) 아버지와 아들 사이는 친함이 있어야 하고
君臣有義 (군신유의) 임금과 신하 사이는 의가 있어야 하고
夫婦有別 (부부유별) 남편과 아내 사이는 분별이 있어야 하고
長幼有序 (장유유서) 어른과 어린이 사이는 차례가 있어야 하고
朋友有信 (붕우유신) 벗과 벗 사이는 믿음이 있어야 한다.

-주자 십회훈 (朱子 十悔訓)-

不孝父母死後悔 (불효부모사후회)
부모에게 효도하지 않으면 돌아가신 후에 뉘우친다.

不親家族疎後悔 (불친가족소호회)
가족에게 친절히 하지 않으면 소원해진 뒤에 뉘우친다.

少不勤學老後悔 (소불근학로후회)
젊어서 부지런히 배우지 않으면 늙은 후에 뉘우친다.

念不思難敗後悔(념불사난패후회)
어려워질 것을 생각지 않으면 실패한 후에 뉘우친다.

富不節用貧後悔 (부불절용빈후회)

부할 때 절약하여 쓰지 않으면 가난한 후에 뉘우친다.

春不耕種秋後悔 (춘불경종추후회)

봄에 심지 않으면 가을이 온 후에 뉘우친다.

不治垣墙盜後悔 (불치원장도후회)

담을 쳐놓지 않으면 도둑맞은 후에 뉘우친다.

色不謹愼病後悔 (색불근신병후회)

색을 조심하지 않으면 병든 후에 뉘우친다.

酒中妄言醒後悔 (주중망언성후회)

주중에 망동된 말은 술 깬 후에 뉘우친다.

不接賓客去後悔 (부접빈객거후회)

손님을 대접하지 않으면 가신 후에 뉘우친다.

-권학문 주자훈 (勸學文 朱子訓)-

勿謂今日不學而有來日 (물위금일불학이유내일)

오늘 배우지 않고 내일이 있다고 말하지 말며

勿謂今年不學而有來年 (물위금년불학이유내년)

금년에 배우지 않고 내년이 있다고 말하지 말라.

日月逝矣歲不我延 (일월서의세불아연)
날과 달은 가고 세월은 나를 기다려 주지 않는다

嗚呼老矣是誰之愆 (오호노의시수지건)
아! 늙었도다. 이 누구의 허물인가?

少年易老學難成 (소년이노학난성)
소년은 늙기 쉽고, 학문은 이루기 어려우니

一寸光陰不可輕 (일촌광음불가경)
짧은 시간이라도 가볍게 여기지 말라.

未覺池塘春草夢 (미각지당춘초몽)
연못가에 봄풀은 꿈을 미처 깨지 못하였는데

階前梧葉已秋聲 (계전오엽이추성)
뜰앞에 오동잎은 이미 가을 소리를 내는구나.

구사(九思) 아홉가지 생각

① 시사명[視思明]

사물을 볼 때는 밝게 볼 것을 생각하라.
가리운 바가 있으면 밝게 보지 못한다.

② 청사총[聽思聰]

말을 들을 때는 귀 밝게 들을 것을 생각하라
막힌 바가 없으면 총명하여 듣지 못하는 바가 없다.

③ 색사온[色思溫]

얼굴빛은 온화하게 할 것을 생각하라.
화를 내거나 거친 기색이 없어야 한다.

④ 모사공[貌思恭]

일신(一身)의 용모는 공손히 할 것을 생각하라.
단정하고 씩씩한 태도여야 한다.

⑤ 언사충[言思忠]

말은 성실하게 할 것을 생각하여
한마디 말이라도 충신(忠信)하여 믿음 있게 하라.

⑥ 사사경[事思敬]

모든 일은 공경스럽게 할 것을 생각하여
한 가지 사소한 일이라도 공경하고 조심하라.

⑦ 의사문[疑思問]
　의심이 나는 것은 물을 것을 생각 하라.
　마음에 의구심이 있으면 반드시 선각자에게 나아가
　물어 깨달아야 한다.

⑧ 분사난[忿思難]
　분함이 일어 날 때 참지 않고 마음대로 행동하면
　어려운 근심이 생길 수 있다.

⑨ 견득사의[見得思義]
　얻을 것을 보면 의롭고 정당한 것인가 아니면 사사로운
　이욕인가를 구분하여 의로움에 합당한 뒤에 취한다.

　학문에 나아가 지혜를 더하는 데는 구사(九思) 보다 더 절실한
것이 없다고 했다. 시경 노송편에 사무사(思無邪)라는 말이 있는
데, 공자께서 말씀하시길 "시경 삼백 편을 한마디 말로 덮어 가
릴 수 있는 말은
　'생각함에 간사(奸邪)함이 없다.' 는 말이다." 하였다.
배우는 사람이 올바른 성정에서 우러나온 생각으로 학문에 힘쓴
다면, 일상생활의 말하고 보고 느끼고 행하는 사이에 깨달아 알
지 못하는 바가 없을 것이다.

구용(九容) 아홉가지 용모

① 족용중[足容重]
발모양을 무겁게 하여 가볍게 행동하지 않아야 하며
다만 어른 앞을 지날 때에는 여기에 구애 받지 않는다.

② 수용공[手容恭]
손 모양은 공손히 하여, 손을 쓸 일이 없을 때에는
단정히 두 손을 모으고 함부로 손짓을 하지 않는다.

③ 목용단[目容端]
눈 모양을 단정히 하여 안정된 눈동자로 시선을 바르게 하여
흘겨보거나 훔쳐보지 않는다.

④ 구용지[口容止]
입 모양은 그쳐서, 말을 하거나 음식을 먹을 때가 아니면
입을 움직이지 않는다.

⑤ 성용정[聲容靜]
소리 모양을 조용히 하여 숨을 쉬는 기운을 가다듬어
구역질을 하거나 트림을 하는 등의 잡소리를 내지 않는다.

⑥ 두용직[頭容直]
머리 모양을 곧바로 하여 사방을 두리번거리거나 기웃거리지
않는다.

⑦ 기용숙[氣容肅]

　숨 쉬는 모양을 엄숙히 하여 호흡을 함에 거친 숨소리를
내지 않는다.

⑧ 입용덕[立容德]

　서있는 모양은 덕스럽게 하여, 가운데 서거나 치우치지 않아
서 덕스러운 기상이 있어야 한다.

⑨ 색용장[色容莊]

　얼굴 모양을 장엄하게 하여 태만한 기색이 없어야 한다.

　몸과 마음을 수렴(收斂)하는 데는 구용(九容)보다 더 절실한 것
이 없다고 했다. ‘예기 – 곡례 편’에 무불경(毋不敬)이란 말이
있는데, 그 말은 공경하지 않는 바가 없다는 말이다. 모든 예는
공경하는 마음으로부터 시작되니, 공경하는 마음은 단정한 용모
가 아니면 우러나오지 않는다. 공경하는 마음이 있으면 교만하
거나 난폭하지 않으며, 조심성이 있고 성실하여 믿음성이 있는
모습이 될 것이다.

〈꽃송이 마음찾기 운동 연락처〉

상도서재(常道書齋) 서당

충북 충주시 앙성면 용대리 432

T E L : (043)852-1952, 010-2090-8001

홈페이지: www.sangdosj.com

블로그 : www.naver.com/tkdehtjwo

* 꽃송이 마음찾기 운동에 참여하실 회원 여러분을 초대합니다.